포도의 눈

포도의 눈

발행일   2018년 1월 24일

지은이   최 재 남
펴낸이   손 형 국
펴낸곳   (주)북랩
편집인   선일영   편집   권혁신, 오경진, 최승헌, 최예은
디자인   이현수, 김민하, 한수희, 김윤주   제작   박기성, 황동현, 구성우, 정성배
마케팅   김회란, 박진관, 유한호
출판등록   2004. 12. 1(제2012-000051호)
주소   서울시 금천구 가산디지털 1로 168, 우림라이온스밸리 B동 B113, 114호
홈페이지   www.book.co.kr
전화번호   (02)2026-5777   팩스   (02)2026-5747

ISBN   979-11-5987-949-4 03810(종이책)   979-11-5987-950-0 05810(전자책)

(주)북랩 성공출판의 파트너

북랩 홈페이지와 패밀리 사이트에서 다양한 출판 솔루션을 만나 보세요!

홈페이지 book.co.kr • 블로그 blog.naver.com/essaybook • 원고모집 book@book.co.kr

최재남 시집

포도의 눈

청포도가 익어가고
고향의 전설이
주저리 주저리 열리는 칠월에…

북랩 book Lab

추천의 글

최재남 시인의 시를 읽다 보면
그 옛날 느린 기차에 몸을 싣고 무작정
떠나버린 세월이 생각납니다.
앞만 보고 사느라 멀리 떠나온 삶에
시인은 우리들의 잊어버린 눈을 찾게 합니다.
평소 느끼지 못했던 세월의 삶에
겸손을 갖게 하며 미처 깨닫지 못했던 그리움의 글에
가슴이 뜨거워집니다.
문학은 새로운 내일을 찾아 떠나는
인생여행이 아니라 지나온 삶에 고마움을 갖게 하는
인생여정이라 했는데 시인의 글은 우리로 하여금
또 다른 그리움의 눈을 뜨게 합니다.

- 재미 수필가 이수백

첫 시집을 내며

등지고 온 고향을 내려놓지 못하고
마음속에 늘 수채화처럼 그리며 이민 생활을 한 지도
근 30년의 세월이 흘렀으니 이곳이 이미 제2의 고향이
되었습니다.
메모처럼 써 놓았던 글들 이렇게 한 권의 책으로 엮어
나누는 것이 보람이 되었으면 좋겠습니다.
미처 성숙하지 못한 글들을 올리게 되어
부끄러운 마음이지만 그래도 가슴으로 낳아
눈으로 다독인 것들 선보이게 됨을 감사합니다.

2018년 1월
최재남

목차

어제와 오늘

시간은 가면서
또
새로운 시간을 잉태했다가
싹 트게 하는
아름다운 섭리로

새 생명이 싹 트인 오늘
그래서 오늘이

또 이렇게
소중하고
아름다운가 보다

단풍처럼 고운 색깔의
어제를 생의 앨범에 간직하고

부여받은

오늘의 도화지에

좋은 그림 연출할 수 있도록

능력 주심을 감사해야지

손잡고 걸으면 1

손잡고 걸으면
소나기 지난 후의
아름다운 무지개를
함께 볼 수 있어 좋다

복잡한 거리에서
새들이 노래하는
오솔길을 찾을 수 있고

바위 틈에서 피어난
패랭이꽃의 신비로움도 볼 수 있어 좋다
석양을 바라보면서도
동 트는 아침을 함께 이야기할 수 있고

손을 잡고 오래 걷다 보면
잡은 손을 통해
느껴지는 체온이 마음으로 쌓여
걸음걸음 피어나는 진솔한 이야기
꽃구름에 실린 하모니 되겠지

손잡고 걸으면 2

손잡고 걸으면
석양도 무지개로 핀다

피는 무지개
아미에 걸고
손잡고 걸으면
가슴도 노을이 된다

이마로 열고
가슴으로 내딛는 길 있어
손잡고 걸으면
어둠으로 내린 노을 저쪽
또 하나 길 열려
동행이 된다

화병의 눈꽃

하얀 하늘이
지상으로 내려앉은 듯
쉬지 않고 퍼부어 대는 눈
많은 이들의 발을 방 안에 가두어 둔 날
간밤의 시간을 밟고 올라선 하얀 세상

덕분에 집 안에 갇혀버린 하루
창밖을 바라보다
따뜻한 차 한잔에 마음 녹이며
두 발 모아 의자 아래 재워두고

손에 잡힌 책 속에서
수많은 꽃들을 발견합니다
마음의 화병 한 가득
꽃들을 담아둡니다

먼지 쌓인 내 마음의 화병에
그 꽃들 가득 담아두고
따뜻한 행복에 젖어 봅니다

해갈

오랜 가뭄으로
타는 목마름
산천초목이 생기를 잃었던 날들

하늘의 도움으로
해갈이 되고
온갖 초목이 생기를 찾았다

메마른 영혼에
성령의 단비로
생명력 있는 영의 생기를
찾았으면

아프지 마

그 말 한마디에
고마움의 눈물이
흐르고
가슴엔 위안의 눈물이
강물처럼 흐릅니다

그 말 한마디에
통증이 안개처럼
사라지는 듯하여
아픔으로 고독했던 시간들은
아름다운 화원이 됩니다

아프지 마
사랑이 담긴 그 말 한마디는
어떤 의사의 진료보다
더 좋은 진료가 됩니다

사랑하는

그대여

아프지 마 아프지 마

핑계

어린 시절이 그리워
시간을 건너 추억을 더듬는 건
지금 내가 어른이 되어서가 아니고

그 어린 시절
가난을 치대어 빚은 수제비를
오늘은 별미로 먹기 때문입니다

수화기 너머에서 들려온
40년 지기의 전화를 받고
너무 보고 싶다는 생각이 드는 건
휘어진 산등성이 푸른 달이
그리움을 자극하기 때문입니다

즐겨듣는 음악과
차 한잔 준비해두고
누군가가 함께 있었음 하는
순간의 느낌은
하나뿐인 찻잔이
외로워 보이기 때문입니다

노안

책 위를
걸어가는 한 노인

눈 밑으로
수많은 개미들이
떼 지어 걸어가고

얼굴만 한 돋보기가
코 끄트머리에
용케도 걸려 있는
노인의 눈은
개미들을 쫓아간다

한 줄로 서서 가던
개미들
갑자기 두 줄이 되었다
또 한 줄이 되었다

노인은 눈을 질끈 감아보다가
손등으로 두 눈을 두어 번 문지르니
개미들은
한 줄로 나란히 행진을 한다

그 개미들의 뒤를 계속 걸어가는 노인

가을나무

봄 그리고 여름
이어 가을까지

잎새 위에 이는 바람과
건반을 두드리듯
잎새마다 떨어지는
아름다운 선율의
빗방울 소리를 들으며

많은 이들은
사랑의 싯귀들을
단풍잎마다 써놓고 사색을 즐겼다

그 모든 추억들을
눈물로 떨어뜨리고
장례 행렬이 된 낙엽들

허전함을 이내 참지 못하고
가늘게 흐느끼는
가을나무

낙엽

떨어지는 아픔조차 느낄 사이도 없이
우린 이제 이별을 해야 한다
어둡고 눅눅한 딱딱한 땅 속
뿌리가 겪은 고통이 참 허허롭다

한 계절 청춘의 삶으로
세상을 숨 쉬게 했던 숨 가쁜 날들로
단 한나절 그리 살다 갈 것을
눈부신 아름다움으로 잠시 머물다

뿌리의 양식이 되겠다고
마감하는 생
참으로 그 사랑이 눈물겹다
이별의 아픔이

산 그늘

어렸을 땐
산이 그늘을 만드는지
전혀 몰랐습니다

어른이 된 지금
산이 얼마나 큰
그늘을 만드는지
알았습니다

아버지의 크신
그늘이 얼마나
크고 넓은 것이었는지
이제서야 알았습니다

태풍 샌디

구름 기둥이
훑고 간 자리
모든 것이
부서진 흔적은
퍼부었던 폭우보다
더 많은 눈물의 강으로
절규의 강으로 변했다

지붕이 찢기워
집이 사라진 아픔보다 더 아픈
영영 찾지 못할 아들을 잃은
처절한 어미의 절규
모든 게 절망의 늪으로 변했다

탈진해진 마음들

상처 난 마음들

다시 용기 낼 수 있도록

일어설 수 있도록

모두 함께 보듬어야지

생각의 율동

아름다운
생각의 율동이
마음을 춤추게 하고

풍성한 사랑의 웃음은
육신의 아픔을 치유하게 한다

따스한 햇살과
밤이슬은
벼랑 아래 떨어진
씨앗도 뿌리가 내리게 하고
꽃으로 피어나
열매를 맺게 한다

세월

한 올 한 올 엮어진
거미줄 위에
얼룩진 반점들

헐렁해진 거미줄 위로
건조한 사막의 바람이 불면
거미는
허기진 배를 움켜잡고
외로운 그네를 타곤 한다

시간의 징검다리를 건너
다시 엮어가는
촘촘한 거미줄

거미줄 위로
생존의 시간은
별과 함께 흐르고 있다

사랑방에서

한 고개 두 고개
한 걸음 두 걸음
백합꽃처럼 피어나는
기억의 조각들이
퍼즐처럼 이어져가고

난 가끔 퍼즐로 연결된
풍경 위에 눕는다
고드랫돌의 울림으로
한 가닥 한 가닥
전설로 엮이던 돗자리 위에
화롯불이 놓여 있고

할아버지가 구워 내신
화롯가의
군고구마 먹으며
나누던 이야기

그때 그 이야기
천자문 이야기
가갸거겨 이야기

한 길 마음속

호수의 물속을
무심코 들여다보다
물속에서
참 많은 것들이
공생하는 것을 보았습니다

내 마음속엔
어떤 것들이 공생을 하는지
아름답고
선한 것들이
살아갈 수 있도록
가끔은 청소를 해야겠습니다

한 길 마음속
자주
들여다봐야겠어요

그리운 님께

행복해야 할
즐거워할 여유도 없이
웃음을 공유할 틈도 없이

사랑은 오직 주는 것으로만
그렇게 가족을 사랑하고

어깨를 바위처럼 짓누르는
삶의 무게를
깃털의 무게로 지고 살아가신
우리들의 부모님

하늘이 주신 햇살 아래
바람이 몰고 온 단비와
새벽이슬이 가져온
부드러운 손길의 정성으로

쭉정이는 날려주시고
알곡으로만 만들어 주시려던 뜨거운 사랑
자식이란 화초를 아름답게 피워내신
그 님들의 사랑에
감사의 기도를 올리는 시간입니다

사슬

탯줄이란
사슬의
묶음으로부터 풀려나
세상의 사슬에
다시 묶이는 삶

사슬에서
벗어나는 그날까지
주어진 수많은 날들로
이어갈 하루하루의 여정

진정한 믿음으로 소망으로
또한 사랑으로
후회하지 않을
아름다운 사슬 만들어야지

주어진 사슬에
아름다움으로 치장해야지

뱃놀이

물도 없이 사공도 없는
우리 모두가 사공이 되는 뱃놀이
사공이 많아
가끔은 산으로도 가는 배 위에서
그렇게 일상을 이탈한 항해를
하고 싶어집니다

수다의 풍랑도 만들고
웃음으로
순풍의 돛을 올리며

묵직하고 버거웠던
주부의 옷자락 벗어버리고

우정을 나누며
사랑을 나누는 순항으로
오붓하고 즐거운
항해를 하곤 합니다

Thanksgiving Dinner

감사의 축제
받은 것의 감사함으로
감사함으로 나누는 큰 명절
추수감사절 저녁식사로
가족끼리 이웃끼리 나누며
한 해의 타작마당을 고스란히
오직 감사의 마음으로 나누는 날

추수감사절의 대표음식
칠면조 요리
서양식 요리로 온 가족과 함께
감사의 마음을 나누는 날

아들딸이 합세한
요리 솜씨로 차려진 감사절 만찬
처음으로 해본
새콤달콤 톡 쏘는 독특한 향과
색감이 넘치는 Cranberry Sauce

또한 Sweet potato casserole
처음 만들어본 서양 요리들
알지 못했던 오묘한 맛
서양 요리의 매력을
많이 알게 되어 또한 감사한 날

관심

오 년 전 우리 집으로
옮겨진 선인장
관심 밖의 물건으로
빛도 들지 않는 구석진 곳에
처박히듯 내던져졌던
초췌한 선인장

어느 날 너무 미안한 마음에
넉넉한 화분으로 바꾸어주고
흙을 갈아주고
그렇게 관심을 두어
그동안 미안했다 사랑한다며
매일 들여다보며 인사 나누고
동쪽 햇살을 주었더니
세상에나

날아가는 한 쌍의
학처럼 흰색과 분홍색으로
처음으로 피어난 관심의 꽃

너무 고운 자태에 빠져드는 요즘
관심은 이렇게
아름다운 꽃으로 피어나는 걸

잃어버린 심장

열정

욕망

의욕

모든 희망으로

가득 찬 심장을

난 가끔

잃어버리곤 한다

그럴 땐 그냥

가만히 죽어 있다

다시 살아날 때까지

금

초침
분침
시침이
가는 소리 따라잡으며
할 말이 많았던 날

오늘 하루 쓸 언어들을
다 쏟아내지 않고
마음속에 남겨둔 날

침묵으로
혀의 아낌으로
금이 되어 쌓인 날

백지 위에서

주름진 뇌의
작은 골짜기들을 헤매다
펜의 낚싯줄에 걷어올린
영혼의 언어들

글의 실에 꿰지 못하고
흩어져 날아가 버리는
부서진 언어들

꽤 오랜
시간의 공백만이
길게 자리 잡고

백지 위엔 궁색한 펜만이
덩그마니 누워
메마른 하품만 하고 있다

무소식

눈물의 바람으로
떠나보낸
가을의 흔적
쪽배처럼 낙엽 하나
호수 위를 맴돌고

물결 잔잔한
호숫가에서 함께 소망을 꿈꾸던
어릴 적 친구는 어디 있을까

호수처럼 잠잠한
그의 소식이 궁금한 날
보고 싶은데 연락처도 모르는데

지구 저편에서
무소식으로 살아가는
그게 희소식이려나
저 쪽배 위에
내 소식 실어 보낼 수 있다면

오리무중

보이지 않는다
아무것도
보여도
보이는 게 아냐

그래 보이지 않아도
그 자리
그 자리에 있어준다면
변하는 건 없다

안개만 끼어 있을 뿐
모든 건
제자리

안개는 안개일 뿐
아무것도
변화시키지 못한 채
사라지는 것을
안개강 건너에
환희의 햇살이 기다리는 것을

가지 많은 나무

뿌리의 아픔으로
맺어진 잎
물줄기의 희생으로
피워진 꽃

보기 좋은 나무
가지 많은 나무
잎새도 무성하고
꽃도 많이 피어

온갖 새들이
찾아드는 곳
바람 잘 날 없어도
그 바람으로
행복의 꽃이 피어나는
행복한 나무

공항

각 나라별 색깔을 꼬리에 단
수많은 잠자리들
하늘을 날고 내려
세상은 잠자리 날개 위에서
하나가 되었다

잠자리가 쉬고
세계인의 관계를 이어주는
공항 벽에 걸려 있는 각 나라의 눈동자들
각자 모국의 눈동자를 따라
갈 곳을 정하고

이제 더 이상
타국은 먼 나라가 아닌
이웃이 되었다
공항에 내리는 수많은
잠자리 덕에

잠자리 편히 쉴 수 있는
공항 덕에

박수

고개 숙인 자존심을
세워주고
꼴찌에게 용기를 주고

일등에게 더 큰
기쁨을 안겨주는
큰 박수

아낌없이
박수를 줄 수 있는 사람은
이미
박수 받을 수 있는 사람

기쁨을 천 배로
나눌 수 있는 박수

섬

흐르는 듯
떠도는 듯
변함없이 그 자리에
바다 위에 있어야 하는 섬

거친 파도가 몰아쳐도
거센 폭풍우 속에서도
변함없이
언제나 의연한 모습으로
남아 있어야 할 섬

시간의 역사가
만들어내는 섬들
그중에 길이 보존될
근엄하고 그리운 섬으로

세상을 아름답게 빛낼 수 있는
살아있는 섬 찾아내는 일
우리 모두 합심하여 찾아내야지

낡은 감성

찬바람 머문 나무 끝에 매달린
빛 바래고 찢기워진
물기 마른 잎새 하나
떨어져 낭만의
낙엽조차 되지 못하고
애처롭게 떨고 있네

설레임도 느낌도 없이
탄력을 잃어
낡은 감성으로 바라보는
시선 속에서
홀로 남아 있는
그 잎새의 흔들림을 보고
바람이 지나는 것을 가늠할 뿐

큰 별

기쁨으로
소망으로
사랑으로
인도하는 큰 별을
마음벽에 걸어놓고

겸손함으로
감사함으로
살아가고 싶습니다

내 삶을 바른길로
인도해 주시고
예비해주시는 큰 별

마음벽에 걸어두고
다시 한 번 못질하여
단단히 걸어 둡니다

하얀 세상

거침없는 바람을 동반하고
무거운 엄동의 추위로
하얗게 하얗게
퍼부어 대던 날

참새 한 마리 둥지를 잃고
추녀 밑에서 한참을 떨며 서성이더니
아마도 눈의 사막에 갇혔나 보다

하늘보다 더 하얗게
내려앉은 하늘
차마 더럽혀지지 않았음 하는
오늘 하루만큼은
마냥 깨끗한 아름다움만 바라보고 싶은 날

하늘이 몽땅 내려앉아
세상의 모든 사연들
고스란히 덮어
토닥토닥 재워버렸다

나 눈송이 되어

앞동산 밤나무 위에서 까치가 울고
소나무에 눈꽃이 피어나는
겨울이야기가 시작되는 오늘

나 오늘 하루 눈송이 되어
그곳에 내리고 싶습니다
내가 살던 집 지붕위에 그리움의 눈송이가 되어
텃논 볏짚 더미 위
참새들을 바라보고 싶습니다

나란히 누워계신 부모님 무덤 위에
한없이 내려앉아
옛이야기 들려드리며
오늘 하루
그곳에 머물고 싶습니다

감나무 꼭대기에 떨구지 못한 시간
홍시로 얼어붙은 그 위에
하얀 털모자 만들어 씌우고
감꽃 목걸이 만들던
어릴 적 이야기도 나누고 싶습니다

썰매 타는 동네 아이들의
맑은 눈으로 들어가
함께 눈물이 되고 싶은 눈 내리는 오늘
나 오늘 하루 고향에 내리는
눈송이가 되고 싶습니다

커피 한 모금

오늘을 열게 해 주신
그 님께 감사의 시간을
갖는 것은
오로지 내 마음의 평안을 위한
이기심으로 보인다 해도
그래도 감사해야지

커피 한 모금과
좋은 말씀 한 모금의
행복한 아침식사
밝아지는 영의 식사

동행

함께 정한 곳
그곳으로

희
노
애
락

모든 걸 함께
지고 가는 길

행복한 동행
아름다운 동행

고목의 몸살

갱년기를 앓고 있는
고목나무엔
바람초차 머물지 않아
고독한 시간의
텅 빈 울림으로
속은 점점 비어가고

물기 없는 건조함으로
푸른 나뭇잎도 잠시 머물다
떠나버리는
고목의 여생이 가여웁다

생의 몸살로 텅 빈 고목에
죽은 검버섯의 각질만
점점 두텁게 흔적을 이루며
석양빛에 남겨진
고단한 긴 그림자

더 이상의 그림자도

만들지 못할 마감의 생

그래도 한 번쯤은 더

잎새를 피우고 싶은 낡은 고목의 꿈

쥐뿔

쥐뿔도 없는 게 잘난 척은
쥐뿔도 없는 게 나서긴
쥐뿔도 없으면서 뭘 하겠다고

언제부터 쥐뿔이 생겼으며
언제부터 쥐뿔의 위력이
그리 큰 것이었는지

존재하지도 않고 형체도 없는
쥐뿔을 갖고 사는 사람들
그것은 심령의
등급이 낮은 사람들이 만들어낸
무지의 허상

쥐뿔 하나로 선한 사람들을
치받아 상처 입히고
독성이 강한 쥐뿔에
한 번 찔리우면
잘 낫지도 않는 상처

허상의 쥐뿔 잘라버리고
겸손의 반창고 붙여두면
참 좋을 듯한데 말이죠

서쪽으로 가는 길

하루해를 넘기우는
서쪽 하늘에
그리움의 노을이 뜨고
땅거미 서둘러 집을 향하는
그 시간이 되면
눈으로도 가고
마음으로 가는 곳
은하수 밟고 가는 길
고향으로 가는 길

하루

여명의 아침에
부여받은 신의 선물
귀한 하루
각자에게 주어진 하루의 분량

알뜰하게 유익하게
아껴 써야지
빈곤한 하루 만들지 말고
선물의 대가 보답해야지

미소의 꽃다발

마음의 꽃으로 피어나는
미소를 한아름 묶어
하루를 열어가는 그대에게
선물로 보내고 싶습니다

내가 받고 싶은
미소의 꽃다발
행복의 꽃다발을 그대에게 먼저
보내 드리고 싶습니다

서로에게 보내주는
미소의 꽃다발은
한결 밝은 세상이 이어집니다
마음의 꽃 미소를
그대에게 선물할 수 있는
오늘 하루가 이미 행복입니다

성장

구겨졌던
삶의 리듬을 조율하며
하루하루를 살고

빛 좋은 개살구로 포장되지 않도록
진실함으로 살고

상처를 낸
어떤 물체를 탓하지 말고
왜 상처를 입게 되었는지
돌아보며 살고

배부른 투정하지 말고
배고픈 사람들이
주위에 없는지
돌아보며 살아야지

철없는 새싹의 생각을 벗어나
늘 푸른 잎으로
성장해야지

자식

옆에 있어줘서
아무것도 두렵지 않았어
넘어졌을 때도 일어설 수 있었어

힘들었어도 행복했고
슬픔을 이기고 웃을 수 있었어
내가 용기를 얻을 수 있었고
뭐든지 할 수 있었어

난 부러운 게 없었어
네가 내 모든 것이라
난 갖고 싶은 게 없었어
넌 나의 전부이니까
넌 나의 영원한 사랑이니까

지금도 늘 목소리 들려줘서 고마워
영원히 사랑해

약초

수려한 나무들과
아름다운 능선이 있고
산세가 깊은 데서
귀한 약초가 자라듯

정서적 안정과
아름다운 언어들을
듣고 자란 아이들에게서
아름다운 미래를 열어 갈
귀한 생각들이 나온다

인생사 도진 개진

도통 모통 도라도 좋고
모면 더 좋다
도진 개진 도를 해도 개를 해도
또 한 번의 행운이 있는 기대감
개컬간 또한 어느 쪽이든
또 한 번의 행운이 따르고
부족하지도 넉넉지도 않은 벌이

윷 모진의 행운은
윷판 위의 으뜸가는 기쁨으로
여러 가지가 덤으로 따라붙어
승리로 몰고 갈 수 있는 확률
하지만 굵고 쉬운 지름길이
한 번에 날아가 버리는
불운을 겪을 수도 있어서
말을 잘 몰고 가야 살아갈 수 있는 윷놀이

고단하고 먼 행로의
찌도로 돌아가는 길은
어떤 것으로든 쉽게 추적당하지 않는
안정권이지만 지극히 무료한 여정
도 개 걸 윷 모 어느 것 하나도
윷판 위에서는 소중하지 않은 게 없다
세상이란 윷판 위를 살아가는
우리의 삶도 누구나 도진 개진
끊임없는 윷놀이
그 모든 것이 도진 개진

격려의 숨결

나비가 머물다간 꽃잎은
더 화사하고
짙은 향기로 피어나고

봄바람 머물다간 잎새는
햇살의 입맞춤으로
초록의 윤기가 살아나고

내 눈길 머물던 하늘에는
뭉게구름이 가슴 뭉클한
그리움으로 피어납니다

격려의 말 한마디 건네주며
그대가 머물다간 시간은
내 마음 온종일
잔잔한 평안의 숨결이 됩니다

떡잎

뒷뜰 울타리 밑으로
미세하고 공허한 실바람
머물지 못하고 이내 떠나 버리는 건
아직 잡아주는 따뜻한
봄의 손길이 없기 때문입니다

떼 지어 웅성거리며 머릿속을 맴도는
어수선한 낱말들이
찻잔 속을 한참씩 맴돌다 이내 사라지는 건
글의 낱말밭에 심기우지 못하기 때문입니다

혹 그래도 그게 퇴비가 되어준다면
그동안 수없이 많은 낱말의 씨앗들을
아무렇게나 흩뿌려놓은
메모지라는 작은 개간지 위에
쓸 만한 새싹 하나 돋아나지 않을는지

좀 더 성숙한 언어들로 싹을 틔워
쓸 만한 새싹으로 돋아
꽃으로 피어
누구에게나 사랑받기를

습관처럼 뿌려놓은
낱말의 씨앗들
늘 연약한 떡잎으로 머물다
시들어 버리는 낱말들

서울의 밤

어둠이 내리고도 불빛이 살아있는 도시
젊음이 넘쳐나는 웃음소리가
밤하늘의 은하수로 퍼진다

광고의 소나기가 지나간 거리
대리운전 택배
야참 알바꾼들의 살기 위한 낚싯밥들이
길바닥에 뿌려져
그 흔적들이 덕지덕지
길 위를 포장한 도시의 밤

얽혀 한 몸이 된 연인들의 속삭임
여전히 서울의 밤은 낭만의 거리
몇 번의 강산이 변할 세월을 등지고
다시 찾은 서울의 밤
그 풍경들이 낯설고
난 고국을 찾은
쓸쓸한 관광객이 되었다

기억의 저편 전파상에서 흘러나오는
추억의 발라드를 떠올리며
난 낯선 관광지의
서울의 밤길을 걷고 있다

디딤돌

하늘이 무너지고
마음의 지축이 흔들려
혼돈하는 시간 위로 흐르는 눈물

그 눈물 지팡이 지탱하며
그래도 일어서야지
칠흑의 어둠 속에서도 태양은 돌고
절망의 남극에도 봄은 온다

한 올의 실오라기는
하늘을 덮는 천을 만들고
지구 위를 걷는 나의 한 걸음 한 걸음은
지구를 굴리는 위력이다

오늘도 또 깨어나
한 걸음 한 걸음
딛고 일어나 걸어야 한다
지금의 이 불편한 거침돌은
내일의 디딤돌이 됨을 알기에

봄은 오겠지

햇살의 유혹을 뿌리치지 못하고
산책길에 올랐다
온몸을 휘감은 훈풍에 이미 봄의 냄새가 실려 있다

땅속의 씨앗들은
화려한 봄을 열기 위한 틈새를 엿보며
몸치장하느라 분주하겠지

새끼 사슴 눈동자 같은
맑은 호수 속의 하늘에 뜬 뭉게구름 사이로
새끼 붕어들이 한가롭다
또한 모퉁이 길
라일락 꽃 봉오리
처녀 가슴처럼 설레임으로 부풀었고

아지랭이 피어나는
작은 언덕 위에 뿌리내린
민들레 홀씨로 피어난
노란 입술 뾰죽이 내밀며 오고 있구나

책 베개

잠을 도둑맞은
한밤중에
찾아온 손님

책 속의 주인공을
손님으로 맞아
함께 그 속에 머물다
잠이 들고 말았다

그의 뺨 위에 있던
내 얼굴
아침에 일어나 거울을 보니
얼굴에 새겨진
책 자국

이른 봄 한나절

떨어지는 빗방울 놓치지 않고 잡아
하늬바람과 엮어두고
숨을 몰아쉬며
개나리 가지에 걸터앉은 새 한 마리
뾰죽 내민 개나리 꽃 입술에 입 맞추는 모습

겨우내 갇혀 있던
눅눅한 방들을 창에 널어두고
튀어오르는 햇살 알갱이들을 잡아
집안 가득 담아두고 싶은 날

실바람 따라 춤추는
뒤뜰의 배나무 그림자는
길어진 한나절의 햇살과
술래잡기하다 길게 누워버리고

창가에 서서 꽃바람 끌어안고 놓을 줄 모르는
실크바람이 좋은 이른 봄
한나절의 수채화

선택

잘생겨야 하고
건강해야 하고
그보다 더 중요한 건
눈이 아주 똑바로 박혀야 되고
여지없이 부친께서는
주저 없이
그런 선택을 하셨다

이른 봄 이때쯤이면
종자 씨감자를 골라
조각을 내어 밭에 파종하면
하늘을 품고 흙을 먹으며
토실토실 살이 올라
밥상 한 자리 차지하는 감자

나도 이미 선택되어
세상에 심겼으니
모든 사람과 나눌 수 있는
살찐 세상의 밥상에 오를 수 있기를

그리움의 성

그리움을 견디지 못한
목이 긴 사슴은
슬픔의 고개를 땅으로 향한 채
지친 마음의 뿔을 내려놓고
울어야 했습니다

슬픈 사슴의 눈에
밤이슬이 내리고
푸른 별들이 쏟아져
그리움의 성이 됩니다

성벽이 허물어지고
그리움을 만날 수 있다면
사슴은 눈물을 죽죽 흘리겠지요

이미 별이 되어 하늘에 계신 나의 그리움

오늘도 여전히 사슴의 눈엔

푸른 별들만 쏟아져

그리움의 성벽만 높아갑니다

창꽃 피던 때

안개가 질끈 동인
자작나무 허리춤에
그 안개비 걷히고 햇살이 온종일
머물렀을 뿐인데
봄이라 한다

간밤에 천둥과 번개가
심한 다툼으로
비의 강둑을 무너뜨리더니
화단 위의 데일릴리 싹을
틔워 놓았다

봄이 가장 먼저 오던
내 고향 날 끝엔
창꽃이 피었을까?
안마당
씻나락 항아리에서
제일 먼저 창꽃이 피더니

목련

새들이 가져온 노래를 들으며
하나씩 옷을 벗고
속살을 드러낸
하얀 목련은

갑자기 추워진 날씨 탓에
더 이상의 모습을 드러내지 않고
떨고 있는 모습이다

그래도 그 목련은
피어나고
선두주자다운 봄의 꽃으로
하늘 향해, 모든 이들의 마음 향해
피어나는 그 모습은
진정한 봄의 전령사다운 청아함이다

아직도 서성이는 쌀쌀하고 칙칙한 날들을

환하게 열어주며

함박웃음 건네주는 시작의 꽃

노력의 꽃

아무리 아름다운 꽃이라도
작은 화병의 꽃은
잠깐의 시간 동안만 아름다울 뿐
이미 죽어 있는 꽃이다

은은하게 피어나는 들꽃이어도
항상 변함없이 꽃을 피울 수 있는 건
모든 요소를 갖추고 있기 때문이다

구름이 해를 가린다 하여 밤 되지 않고
태양은 구름 속에서도 뜨겁다
눈앞의 장애는 꿈을 이루는 데 필요한
요소들이다

매미는 열흘 남짓한 삶을 위해
십 년을 넘게 땅속에서 모든 걸 준비한다

밝은 희망을 바라보는 과정이
쉬운 일은 아니지만
노력하는 그 시간들은
참으로 아름답다

까마귀 검다 하여

옷 입은 모양새를 보고
사람을 평가하지 말자
정갈하고
존경의 옷을 덧입은 사람은
허름한 옷을 입었으나
얼굴에는 광채가 난다

밥상의 찬이 빈곤하다 하여
그 사람을
가난하다 평하지 말자
누구보다 가난한 이웃을
많이 도와주는 걸
실천하며 살아가는
세상 누구보다
부자의 마음으로 사는 사람일 수 있다

말솜씨가 없다고
무식으로 평하지 말자
그런 사람의 말 속엔
어느 누구에게도 상처를 입히는
독소가 섞인 가시가 있진 않다

고드름

겨울을 품어 낳아
하룻밤으로 키가 자라는 고드름
부둥켜안은 햇살의 뜨거운 사랑에 녹아
눈물 뚝뚝 떨구어
풀 한포기 돋게 하고
홀연히 사라지는 수정 같은 고드름

불청객

북극과 남극의 찬바람이 만나
우주의 무게로
움직일 수 없는 무기력감
봇물처럼 흐르는 콧물은
온몸의 기력을 뿌리째 뽑아버리고
탈진하게 만드는 독감

일주일 동안 내 안에
불청객으로 머물다
아쉬움이 남은 듯 어렵게 떠났다
다시는 만나고 싶지 않은
반갑지 않은 손님 불청객

회초

잉태했음을 알고
가슴 벅차는 감격으로 눈물이 나왔고
아기였을 땐 그저 사랑스럽고
자랄 땐 바라보는 것만으로도
행복한 나날이었지

성인이 되어 온실을 떠나던 날
마음 한쪽이 허전한 서운함이 있더니
청년의 나이가 되어
부모를 생각하는 마음이
갸륵하고 대견하다

객지에서 보내온 사랑이 가득 담긴
딸의 편지와 아들에게서 받은
한아름의 꽃다발에서 전해지는
뜨거움이 목줄기로 올라온다

이제는 스스로 꽃 피울 수 있는
화초를 벗어난 튼튼 나무가 되어주기를
소망바구니에 담아둔다

사랑하는 나의 화초들

Oops Baby

꽃잎 사이사이로
반짝이는 햇살만 보아도
내 발이 멈추어지는 요즈음

세상을 향해 막 걸음을 배운
아기들의 손을 잡고 산책 나오는
젊은 엄마들을 보면
눈을 한참 동안 떼질 못한다

며칠 전 우리 가게에
사오십대로 보이는 여인이
한 살 남짓한 아기를 데리고 와
자기 아들이라면서
예뻐 어쩔 줄 몰라 하는 걸 보고
늦둥이구나 짐작을 하고
그 늦둥이란 말을 영어로 알 수가 없기에
함께 예뻐해주고 한참 수다를 늘어놓고
손님이 돌아간 뒤 종업원에게 물었다

저렇게 많은 나이로 낳은 아기를
뭐라 부르냐고
'Oops Baby'란다
약간의 실수가 있을 때 쓰는 말
Oops!
참으로 재미있는 말이라 한참을 웃었다
핵가족으로 하나나 둘만 낳아
다 키운 뒤 허전함을 달래주는
늦둥이를 가진 가정에
새롭게 찾아온 웃음꽃 행복의 꽃 Oops Baby

선진국의 미소

출입구 문에서
안에서 나오던 손님이
안으로 들어가는 손님이 들어갈 때까지
문을 잡고 서서 기다리며 미소 짓는 사람들

복잡한 상가에서
바쁘게 스쳐지나가며 익스큐즈 미
양해를 구하며 미소 짓는 사람들

거스름돈을
이웃돕기 상자에 넣으며
미소 짓는 사람들

신호등 없는 네거리에서
서로 양보하고 손을 흔들어주며
미소 짓는 사람들

좋은 하루 지내라고
따뜻하게 지내라고
쉬엄쉬엄 일하라고
잊지 않고 인사하며 미소 짓는 사람들

땡큐라는 말을 입에 달고
미소가 얼굴에서 떠나지 않는 사람들
그런 습관들이 일등국가 되었지

가던 길

가던 길에 언덕이 있고
비포장도로가 나타난다 하여
가던 길을 멈출 수는 없다

그 길에서 볼 수 있는
초자연의 아름다움과
천연의 향기는 더 진하게 느낄 수 있다

한 번도 가보지 않았던 가던 길 끝에
원하는 그림이 펼쳐지길
꿈을 안고 가다 보면

정말 내가 기대했던 것보다
더 아름다운 모든 것에
불편한 비포장길을 달려간 것에 대한
환희의 만족감을 또한 성취감을 느낄 수 있다

비포장도로는 다만 먼지가 일고
약간의 불편함이 있을 뿐
가던 길을 가야 한다
새로운 길은 찾는 사람의 몫이다

호접난 1

향기 없이 화려하고
한 번 피어나면
오랫동안 기쁨을 주는 너

향기가 요란스럽고
색깔 또한 황홀한
쉽게 피었다 쉽게 지는 장미보다

향이 없어도 옆에서
쉽게 변하지 않는 오랜 친구로
날 즐겁게 해주는
호접난
난 네가 참 좋아

호접난 2

꽃이 나비이고
나비가 꽃인
꽃이면서 나비이고
나비이면서 꽃인
호접난

꽃과 나비가 한 몸이 되었을 때
피울 수 있는
피어 화혼과 혈혼이
하나가 되는
호접난

어찌 호접란뿐이겠는가
인간의 혼과 혼도 합쳐 하나가 되면
꽃으로 피는 것을

봄이라 하네요

맑은 하늘을 깨뜨리는
새들이 합창 소리가 봄이라 하네요
새 순을 맞기 위해 겨우내 준비한
줄기속의 물 오름으로 돋아난 새 순
그 영원한 비밀의 약속이
어김없이 찾아와
봄이라 하네요

뺨을 스치는 실크 바람에
그리움이 실려 있는 요즘
그 그리움에 뭉클뭉클
몸살 날 거 같은 날

우리가 허락받은 이날
모든 이가 다 행복했으면 하는 이날
따스한 햇살이 온몸에 쏟아지는 이날

투명하고 아름다운 푸른 하늘이
봄이라 하네요

꽃 피는 사월아

새 신랑 맞을
새 색시로 오는 사월아
버선발로 뛰어와
얼싸안을 사월아

수줍은 수선화로
전령사의 제비꽃으로
아름다운 혼령의 할미꽃으로
세상을 꽃으로 수놓는 사월아

초록의 사랑으로
사계절의 시작으로
새들의 노래로 세레나데가 되는
설레임의 사월아
꽃 소식 안고 온 사랑하는 사월아

바람 맞은 날

냉이랑 씀바귀가 나왔을 것 같아
바람이 손짓하는 대로
따라가 봤어

햇살이 뒹구는 언덕에
바람과 함께 앉아 하늘을 보았지
새털구름 사이로 보이는
파란 하늘이 그림같이 예쁜 날

냉이랑 씀바귀는 보이지 않고
봄바람만 실컷 맞고도
좋았던 하루
바람 맞아 좋았던 날

습작

티비 속 뉴스가
어지럽고 슬퍼질 땐
까만 화면으로 돌려놓고

내 손이 노는 걸
바라보는 것으로 눈동자를 살게 하고
머릿속을 맑게 하는
나만의 시간

새콤달콤 복숭아
입 안 가득 오물거리며
그 복숭아 한쪽 스케치하는 시간
습작으로 완성된 나만의 작품

촛불

분위기를 살려주며
따스함은 전해주는 너와
마주 바라보는 것만으로
차분한 휴식의 시간

웃으면서 눈물짓는
널 바라보다
내 입가에도 웃음이 피어나네
어둠을 밝혀주는 용도보다
분위기를 살려주는 용도로
많은 이들의 사랑을 받는 요즘

떠나는 시간까지
아낌없는 헌신으로
오직 환한 웃음만 보여주고
사라지는 꽃 같은 촛불

겨울비

창밖에 밤바람이
한참을 서성이더니
그리움으로
사랑으로
아름다움으로
창문에 빗방울로
그림을 그려놓았다

별을 넘어 창가에 머문
겨울의 빗님
새벽잠 깨우는 세레나데네
새벽잠 깨워놓고 조용해진 빗님은
하늘로 올라가
하얀 천사 데리고 오시려나

기다리는 마음

남쪽의 햇살 안고
새싹으로 오시는 날
꽃봉오리 터뜨릴
하늬바람으로 오시는 날

계곡의 얼음 깨뜨리며
맑은 물소리로 오시는 날
진달래에 입 맞추며
소쩍새로 오시는 날

난 꽃무늬 새겨진 노란 스카프
목에 두르고 나비처럼 나풀대며
그대 마중 나갈 테요
그때까지
꽃샘추위 꾹 참고 기다릴 테요

나의 정원

울 집 화단에 피어난 꽃들
밤이슬의 사랑을 받고
아침 햇살의 사랑을 안고
바람의 숨결로 피어난 꽃
제비꽃 나리꽃 장미 채송화
데일릴리

나에게 즐거움과 기쁨을 주고
하루의 피로를 씻어주는 꽃들
오늘도 나의 정원엔
많은 꽃들이 속달거리며
다투어 피어난다

예쁘게 예쁘게

고향의 봄

앞동산 양지바른 언덕
부모님 무덤 뒤에
솔밭에 뒹굴던 햇살 받고
미소의 할미꽃 피었겠다

도랑 허리 휘감고 올라온 아지랭이 따라
물오른 버들강아지
동네 아이들 버들피리 불겠다
서당골 철쭉 붉게 물들면
찔레순 원추리 아기쑥
모두모두 올라오고

겨울은 헹구어 널었던
앞마당 빨랫줄 위에 졸고 있는 나비를 보며
온 식구 마루에 둘러앉아
입 안 가득 퍼지는 달래된장국
점심 밥상이 참 좋더니

녹슨 방

자작나무 위에서 이미
봄 이야기는 시작이 되고
모든 게 생기를 찾아 살아있는데

주인도 없이 비어 있어
버려진 주막처럼
객의 발길이 뚝 끊어진
나의 메모장

무심코 문 앞을 지나치며
발을 멈추고 들여다보려 하나
좀처럼 문이 열리지 않는
잠겨 있는 방

녹슨 빗장 힘겹게 열고 들어와

객주 없는 주막에

혹 누군가가 다녀가지 않았나

두리번거리며

자리를 쉬이 일어나지 못하는

먼지도 침묵하는 빈방에 서성이는 주인

종이비행기

어제 찢어 버리지 못한
지난달의 빛 바랜 달력을 찢어
무심코 접혀 내 손에 쥐여진 종이비행기

지난 한 달 동안의 하루하루
미련과 아쉬움 모두 올라타라 해놓고
하늘을 향해 날려 보았어
그 한 달 동안 삶의 무게가 그리도 무거웠는지
아님 미련인지 멀리 날지 못하고
추락하는 지난달의 종이비행기

새로 맞을 새 달엔
계획한 모든 것들이
여유롭고 순조로와

한 달 후 날아갈 종이비행기는
가벼울 수 있도록 해야겠어요

찔레꽃

한나절은 길어진
햇살의 길이만큼 자라난
가지가지마다
흐드러지게 피어난
초여름 유월의 꽃

뒷담장을 돌돌 말아
이웃집까지 손을 뻗어 향기를 전하고 있다
은은한 향기의 유혹에
난 벌이 되어
그들에게 입 맞추고

또 하루가 갔어도

어제가 지나
오늘이 되었어도
어제의 생각으로 머물러
바람 없는 호수처럼 요동하지 않는
멈춤의 시간이 이어지고 있다

그렇다고 그 멈춤의 시간을
깨뜨려 벗어나려는 생각도 없이
그저 무의식으로 이미
서성인 하루는 저물어 밤이 되고

무의식을 깨우는 순간의 소리
개 짖는 소리로
밤은 하얗게 밝은 낮이 되어
움직이는 생각들
어제에 이어 반복되는 생각들

기다리는 마음

이제 오나 저제 오나
타는 마음 숯검정 되어
기다리던 날들

얼었던 호수의 물이
얼음 위로 올라와
봄의 소식 오나 반갑더니

솜이불 두께만큼 갑자기 내린 폭설은
모든 봄의 소식을 매정하게 덮어버리고
심술 맞게 웃고 있다
몇 날을 또 기다려야
저 눈 녹고 새싹 올라올까
지루한 겨울의 그림자는 길게 머물러 있다

미련 없이

근 다섯 달을 꼬박 하고도 더
오랜 시간 머물던 무거운 겨울은
아지랑이에 가리워 체념한 채
서둘러 자리를 비웁니다
이제 더 이상 잡아두지 않고 싶음에
배웅도 하지 않았습니다
유난히 긴긴 이곳의 겨울은
많은 사람들을 우울감에 빠지게도 합니다
한 달 남짓한 봄을 맞이하려는
모든 이들의 부푼 마음이 풍선으로
이미 하늘에 둥둥 떠 있습니다

추억

묵은 상자들 정리하다
이민 올 때 가져온 사진들을 발견하고
마음이 곧장 그 시절로 갑니다
고국의 구석구석을 돌며
청년의 나이로 돌아가 그 얼굴을 봅니다
지금의 내 모습에서 세월을 봅니다
추억마저 가물거리다
더 이상의 기억조차 하지 못할 때 즈음이면
지금의 이 시간도 추억이겠지요
이제는 메모하는 습관으로 추억을 적어야겠어요

커피 같은 사람

매일 아침 커피의 원두를
믹서기에 갈 때 느끼는
그 향기가 좋아 습관이 되었고
커피가 내려오는 중에도
그 향기는 내내 주위에 머물고

하여 나도 커피를 닮은 사람을 좋아한다
하루에도 몇 번씩 그리웁고
내 입술에 그와 입맞춤하고

우울할 때나 기분전환을 할 때나
따스함이 그리울 때 찾게 되는 커피
커피처럼 향기로운 사람
나도 누구에게나 사랑받는
커피 같은 향을 지닌 사람이고 싶다

열리는 창

앙상한 가지 끝에 달려 있던
미련한 찬바람 옆에
하늘을 날던 새가 내려앉아
비켜 달라 조잘대고

겨울 먼지 탈탈 털고
꿈에서 깬 개구리의 눈망울에
파란 하늘이 보이고

이웃집 아저씨의
정원을 둘러보는 발밑에서
봄이 열린다
새 생명들이
창밖으로 나오는
새 봄이 되었다

해바라기

해를 좋아하다
사랑하게 되고
해바라기가 되었건만

못 본 채 외면하는 해를
바라보는 것만으로도 행복했던
짝사랑의 세월

태양의 눈길 한 번 기대하고
애를 태우다
그리움의 씨앗을 끌어안고
까맣게 타들어간 짝사랑의 씨앗들

아픔의 상처가 남긴
가련하고 까맣게 타버린
해바라기 얼굴

잎새들의 탱고

애가 타고
대지가 타고
잎이 오그라드는
목마름이 계속되었었지요

잎새 위에 먼지가 이는
건조한 날들로 인해
온갖 초목과 대지가 열병을 앓더니
오늘 창밖의 아침은
하늘이 내려준 물세례를 받으며
환호하는 초목들
춤을 춥니다

오랜만에 만난 빗님과
바람이 연주하는 밴드에 맞춰
탱고를 추는 나뭇잎들

아쉬움

가을과 채 이별의 인사도 나누지 못한 채
내내 서운한 마음 떠나지 않더니
가을을 맞이하고
마저 떨구지 못한 가을의 시간들이
갑자기 쌓인 눈 속으로 사라져
못내 아쉬워 허탈함을 감당하지 못하겠더니
담장에 걸려 넘지 못하는 가을을 잡아
예까지 보내주신 선배님의 친절함으로
잠시 마음을 가을로 되돌려 놓고
사진 속 가을에 한참을 머물렀다

하지만 어쩌랴
그래도 내려놓아야 하는 것을
이미 지난 가을이 되어
저 담을 넘어 어제의 시간 속으로 사라진 것을

이미 찾아온 이곳의 겨울에
꽁꽁 얼어붙은 이 겨울이어도
또 한 계절을 사랑해야지

옹기 1

손의 부빔과 정성으로
빚어지는 그릇들
각양각색으로 쓰임을 받고
그 구실대로
옹기에 담겨진 물건들을
더욱 돋보이게 하는 매력을 가진 옹기들
하나님의 손으로 빚어진
육신의 옹기들
말씀을 담고
빛을 담고
소금을 담아
사랑의 결정체가 되어
모든 이에게 퍼주는
성령의 옹기 되어야지

옹기 2

흙으로 빚었는데
빚기 위해
천도의 불로 소생시켰는데
살아있는 혼이 담겨 있다

혼만이 아닌
숨결도 체온도
천년 세월과 함께
담겨있다

차가움이 따뜻함으로 건네는
옹기 한 점의 체온은
살아 숨 쉬는 장인의 혼이
담겨 살아있음이다

투박함이 아름다움이 되는
소이가 이러하다

심지

사방이 벽으로 둘러진 나만의 골방
심중 밑바닥에 고인
생각의 기름 퍼올려
심지를 통해 호롱불 밝혀둡니다
아무도 간섭받지 않는
골방 한가운데 앉아
서서히 타 들어가는
불빛만 바라보다
침묵의 먹먹함에 체하여
반복되는 딸꾹질 소리만 연거푸
벽에 부딪혀
빈 가슴에 다시 부딪히는 하얀 밤
심지만 태우는 불빛이
바람도 없는데 흔들린다
심지는 곧은데

파도를 넘어

바다를 오므렸다 폈다
파도가 가지고 논다

바다를 밀어냈다 당겼다
파도가 가지고 논다

바다뿐이랴
도심에도 오므렸다 펴고
밀어냈다 당기고
엎었다 되엎는
파도의 바다가 있다

사람의 삶도
파도타기의
파도 유회가 아니던가

자만

난 괜찮은 사람이야
저 사람보단 내가 모든 면에서 낫지
암 그렇고 말고 하는 자만

착각하지 마세요
제발 혼자만 그렇게 생각하며 사세요
남들에겐 들키지 말고
몰래 숨겨두고 그런 줄 알고 사세요

남들이 알면 웃습니다
겸손하세요 제발
겸손을 모르시면
그냥 계속 그렇게 자만하세요
자아도취하면서 말이죠

봄을 열었네

겨울바람을 떠나보내는
나뭇가지는
오선보
오선보의 보표를
꽃잎으로 달고
봄은 열린다

음계 마디엔
봄의 소리가 열려 있어
새들이 물어다
마을마다에 소문으로
봄을 퍼뜨린다

침묵으로 굳었던
동네 안 골목이 풀리면서
아이들의 웃음소리로
봄이 열린다

칠월을 열며

봄도 아닌 여름도 아닌 유월은
장미의 무수한 사랑만
내게 남긴 채 떠나버렸다

푸르름의 칠월
바다가 부르고 산이 부른다
뛰는 가슴이 곳곳에 달려가
추억을 만드는 달

청포도가 익어가고
고향의 전설이
주저리 주저리 열리는 칠월에
도랑에서 가재를 잡으며 멱을 감던
어린 시절을 그리지 않더라도
이제 중년을 넘어선 칠월은
보람의 땀을 점검하는 달

손바닥보다 더 커진
정원수의 단풍나무 잎사귀는
성숙해진 여름을 애기하며
행복한 칠월을 보내자 한다
해바라기보다 더 큰 웃음을
만들며 보내자 한다

나이테

나이테로 굵어지는
허리둘레만큼
사랑도
인정도
겸손도
베풂도
그 나이테 따라 자라나
굵어져야 하는
인격의 나이테

팔월의 언저리

작은 풀잎 위에서 불어오는
낮은 바람으로도
아이들의 가슴을 뛰게 하는
한나절이 지나고
바다로 향한 시간들은
많은 사랑과 추억을 잉태하고 돌아왔다

달궈진 나뭇가지 위의
청개구리는
뜨거운 불씨들을 토해내고
젖은 하늘에 지친
칠월의 태양은
미련하고 무거운 소나기를
이제 보내고 싶어 한다

성숙해진 담쟁이 위에
걸터앉은 장성한 팔월이
설레임의 손을 흔들며
여유 있는 미소를 보내고 있다

또래끼리

친구들아
아직도 내 마음속 그대들의 이름은
뜨거움이어라
가을이 깊어 쌀쌀함을 느끼던 날에
우린 사십 년 전 한 또래로
그렇게 만나 숲길을 걸었었지
낙엽 밟는 소리가 다정스럽게 바스락거리고
산새들의 속삭임이 우리의 만남을 시샘하던 날
친구가 준비해온 따스한 커피 한잔은
목을 타고 추억의 계곡으로 흐르고 있었지
억겁의 시간을 되돌려
추억 책 보따리 풀어놓고
또래끼리 걸었던 화양동 계곡의 그 숲속

떨림

가슴으로 낳은 자식들
그냥 여기저기 집도 없이
흩어 지내던 나의 아이들
큰 맘 먹고 집 장만해주려고
찾아서 모아보니
모두가 철들지 못한 부실한 자식들
하나하나 목욕을 시키고
새 옷을 입힌다는 게
나의 가난한 머리로는 버겁습니다
그 자식들 하나하나에게
작은방 만들어주고
다섯 명 골라 선을 보러 가야 하는데
마음 쏟아 낳은 자식들
하나하나 다 소중한데
어떤 자식이 좋을지 고민되고 떨리네

* 내 시를 선보이러 가던 날

새 날

새 역사의 날
온 국민의 기대가
나랏님을 향하는 날

모든 공약들이 이루어지기를
행복할 수 있는 권리를
다 찾을 수 있기를

겨울의 꿈

바람의 몸짓으로
한 계절은 떠나가고
긴 숙면의 겨울이 시작되면

우린 동화 같은 꿈을 꾸어야 한다
지구를 춤추게 하고
우주를 넘는 바다의 꿈

동면에서 깨어나는 날
새롭게 맞이할
하늘의 꿈

편지지 앞에 두고

선이 없는 편지지 앞에 두고
방금 머릿속을 맴돌던
편지 쓸 내용들이 사라지고
멍한 눈동자만
흰 편지지 위를 계속 돌고 있다가
머쓱한 펜만 들어올려
친구에게라는 글씨만
까맣게 채웠습니다
펜으로 편지를 한다는 게
얼마나 낯설고 먼 이야기가 되었는지 .
요즘은 손으로 쓰인
발신자 주소만 보아도
눈이 동그랗게 반짝이며 반가워집니다
펜을 굴려 편지 한 번 쓰고 싶어
백지 한 장 꺼냈다가
구겨진 쓰레기가 되었습니다

춘삼월

초침의 시각이
세월의 강을 건너고
고드름의 길이로 봄을 알리는 삼월

꿈틀대는 대지의 핏줄을 통해
솟아나는 새싹들을
발아래 느끼며

새털구름 쪽배로 떠다니는
하늘을 품으며
덩달아 열리는 마음의 봄
부푼 마음 춘삼월

포도의 눈

이백 마일을 달려
다다른 곳
끝이 보이지 않는 포도밭 농장
농민들의 땀방울이
주저리 주저리 하늘까지 닿았다

포도나무 의지해
뻗은 가지가지마다 주렁거리는
검붉은 포도알의 반짝이는 눈
바구니 가득 담아내는
수확의 기쁨을 미국에서 거저 맛보네

포도알 닮은 농부의 웃음
만족의 웃음을 바구니 가득 담아
돌아오는 내내
눈앞을 떠나지 않는 주렁거리는 포도송이
농부들의 눈동자

159

황혼

황혼은 지난 과거라는
고향을 찾게 합니다
먼 곳에 있는 것처럼 느껴지는
준비 없이 맞아들이는 이들을
당혹스럽게도 하지만

내가 원하지 않는 손님일 수도 있고
누구나 가까이 하기를 꺼려할 수도 있지만
언젠간 그렇게 침묵으로
아픔의 무게로 다가올 수 있지만
모든 것을 내려놓고
평온과 휴식의 시간이기도 합니다

모든 게 초연하고 아름답게 그려진
화폭을 만들기 위해 장엄하고 찬란하게 떠오를
내일의 태양을 위해서
고요하고 평화로운 황혼을 맞이해야 합니다

휴지

깨끗함으로
연약함으로 태어나
쉬이 찢기우고
쉬이 내동댕이쳐지는 삶
더러움을 닦아주는 소임
자기 몸 무자비하게 더럽혀
깨끗함을 선사하고
생을 마감하는
한 조각 휴지

그리움

침묵의 파도로
밀려오는 그리움 앞에
가슴으로 떨어지는
눈물 훔치며
오늘 강가에 섰네
엄동설한 매서운 칼바람이
살을 에일 때 세상과의 연을 다하신
나의 부모님
막내딸 걱정으로
늘 그렁이던 부모님 눈망울
오늘도 서산에 걸려 그렁이시네
석양빛 비친 내 눈에도
노을빛 받아 벌겋게 그렁이고 있네

구걸하는 베짱이

혼자만의 노래를 즐기고
혼자만의 풍류를 일삼고
숲 전체를 혼자만의 것인 양
호사스럽게 즐기다

구걸로 연명하던 삶
구걸의 한계를 느낀 어느 날
엄포 놓아 공포탄을 쏘아대며
숲을 태우겠다고
협박하는 가련한 베짱이

겨울을 맞이하고 배고파 우는 베짱이를
등 돌려 외면하는 개미들
긴긴 겨울의 숲에서
울어야 하는 외톨박이 베짱이

* 북한이 고립 위기에 있는 상황에 관한 뉴스를 보며

할미꽃

구부러진 등허리에
겹겹이 얹혀진
혼령들의 사연으로
할미꽃이 되었네
세상살이 허물 많아 고개 들지 못했나
그 속내 다 드러내지 못하고
고개 숙여 피었네
망자들의 넋두리 들어주며
땅을 향에 피다가
이내 떨구어진 양 날개 부여잡고
서러워 흐느끼네
무덤가에 얽혀있는 사연들
할미꽃에 맺혀 있네

설레임

하늘에 나는 새만 보아도
작은 호수 위에 떠있는
청둥오리를 보아도
눈망울이 부푼 나무들을 모아도
결이 보드라운 바람 속에도
겨우내 갇혀 있던
아이들의 웃음소리에서도
내 마음이 설레이네
콩닥이는 설레임
사그라들 줄 모르네
그립고 기다리던 봄이 오기에

춘분

어제 종일 내린 비
새벽녘 물러가며
자욱한 솜 안개
초목을 덮었네

젖은 하늘 말리며
보송하게 반짝이는 해맑은 미소로
얼굴 내미는 햇살

밤과 낮이
똑같은 키로 손잡은 날
그림자 길어지는 한나절만큼
덩달아 자라날

봄 나들이

푸른 하늘에 매달린 태양은
낮의 길이를 한나절은 늘려놓고
겨울을 넘긴 나뭇가지는
묵은 때 벗기며 꽃 눈들을 열고

숲속 작은 늪에서 깨어난
개구리들의 합창이 숲을 깨운다
세상을 낚던 강태공
호숫가에 앉아
한가로움을 낚는 오후

여기 저기 봄나들이
상춘객들 넘쳐난다

내 마음의 밭을 일구어

시기의 뾰죽한 돌부리들을
모두 걷어내고
누구든 산책하기 좋은
부드러운 나눔의 오솔길을
만들어야겠다

미움의 가시덤불
불살라 버리고
사랑과 용서의 사과나무
한 그루 심어야겠다

교만의 바랭이도
뿌리째 뽑아 버리고
겸손과 미덕의 풀씨를
뿌려야겠다

위선의 장미나무
잘라 버리고
순수하고 진솔한 들국화를
심어야겠다

이기적인 소나무의
밑둥은 다 잘라 버리고
소나무의 작은 가지
의지해 살아갈
담쟁이 하나 심어야겠다

내 마음밭에 심어놓은
그 나무와 꽃들이
잘 성장할 수 있도록
촉촉한 단비를 부탁드리는
기도를 항상 잊지 말아야겠다

도시로 떠난 여인

넓은 세상 보고 싶어
어느 날 난 도시로 떠났습니다

시야로 들어오는 모든 것에서
주눅 드는 그녀의 모습은
어디에서도
감추어질 수 없었습니다

로즈마리 향기가 아닌
흙냄새가 배어 있을 차림새를 하고
쇼윈도우로 보이는 마네킹을
부러워했습니다

복잡한 도시의
골목들을 익혀야 했고
상큼한 겉절이 맛에 길들여진 입맛은
느끼한 도시 속의 음식을 거부했지요

툭툭 튀어나오는
사투리는
도심의 콘크리트 벽에 부딪혀
촌티를 곳곳에 드러냈지요

도시 여인이 되고 싶어
온몸을 변화시켜 보아도
몸에 배인 촌티는
바뀌지 않는
촌녀의 모습으로 그녀는
아직도 어색한 도시에 묻혀 삽니다

옷장 속의 옷

햇대에만 의존했던 옷들
좋은 세상 만나
지네들만의 옷장
지네들만의 독방이 생겼다

몇 년째 입혀지지도 않으며
버림받지도 못하고 외면당한 옷들

산송장처럼 옷장을 지키며
자존심으로 버티는 날들

가끔은 외출을
꿈꾸어도 보지만
눈길 한 번 받지 못하는
유행 지나 처박힌 옷
멀쩡한 산송장

새가 사는 집

난 어느 날부터
새를 한 마리 키우고 있었다
아주 어린 새 한 마리

깃털조차 나지 않은 그 새는
날아가는 다른 새를 바라보며
날아가는 흉내를 내고 싶어 했다

기어가는 개미조차도
스스로 잡을 수 없으면서
날아가는 새를 잡는
독수리의 눈과
날개가 되고 싶어 했다

내가 키우는 새는
잘 자라지 않는다
산 속의 이슬을 먹고

나무 뒤에 숨어 있는
나비랑 매미랑 온갖 풀벌레를
다 익혀야 하는데

아기 새의 철들지 못한
맑은 눈은
밤이슬에 젖어있다

송년기도

크고 작은 일들로
힘들고 어려웠던 올 한해를
무사 무탈하게 지켜주신
님의 은혜에 감사를 드립니다

혼탁한 세상 속에서
사랑의 빛으로 바른길로
밝혀주시고
편안하고 안락함으로
살게 해 주셨음을
더욱 감사드리는 시간입니다

저의 빈궁한 영혼을
오늘
사랑하는 님께 바치옵니다
이 시간 감히 씻기우지 못할
올 한 해의 모든 죄를 털어 사함 받기를 원하오니

빛으로 오신 크신 사랑으로
저를 용서하시고
결이 부드러운
님의 손길로 저의 빈 영혼을 채워 주소서
님을 갈망하는 혼이 되게 하소서
허기진 늑대의 모습 같은
갈급한 믿음을 주소서

가시관의 사랑을
보혈의 사랑을
십자가의 사랑을 나누어 갖게 하소서

님이시여
올 한 해 동안 님이 가르치신
사랑을 행하지 못하고
사탄과 우상의 늪에 빠져 있던
저를 건져
요단강에 담금질 하시어
새롭게 거듭나는 삶을 살게 하소서

따스함으로 평온한
님이 주신 보금자리에서
감사함으로 살게 하시고
실로암의 맑은 성령으로
살게 하소서
내 손길이 필요한 이웃을
외면하지 않게 하시고
손길이 닿지 않는
그런 곳에도 제 기도의 응답이
내려지게 하소서

부족하고 부족한 저를
예까지 인도해주신
님의 크신 사랑을
다시 한 번 감사드리며
새해에도 님이 주신 사랑의 씨앗
곳곳에 뿌리며 아름다운
사랑의 꽃들이 피어날 수 있도록 인도하소서

준비하는 겨울

잠자는 소리 꿈꾸는 소리
시간을 잉태한
새 생명의 심장소리

준비의 과정
꿈과 소망을 담은 초침들이
조용하게 흘러가는 시간

구분되어지지 않는 시간을
굳이 겨울이란 시간으로 묶어두고
해가 바뀌는 계절이라는
명목으로 모든 사람들을
축제 분위기로 설레게 하는 계절

일 년이란 시간을
매듭지어 보관하고
이어지는 새해를 설계하며

어제 다하지 못한
삶의 숙제를 계속 풀어야 하는 시간
지나온 시간을 바라보며
삭제하고 싶었던 것들이 반복되지 않도록
지나간 시간들을 가끔은
삶의 백미러를 통해
겨울 동안 점검해 봐야지

어쩌면 겨울은 그런 저런 이유에서
모든 걸 휴면의 상태로 돌려놓고
내일을 준비하는 계절

모닥불

오만의 불치병 잘라
치유의 용광로에 던져버리고
배려의 줄기세포로
재생된다면

얼어붙은 인정의 얼음 위에
나눔과 베풂의 썰매 만들어
서로 밀고 끄는
마음의 온기로
따뜻한 겨울나기

서로에게
모닥불이 되어주는
결코 춥지만은 않은
따뜻한 겨울나기

하얀 입김

신선하고 차가운 느낌의
겨울 바람이 좋은 날

뺨으로 스치는
차가운 바람이 좋아
털목도리 두르고 걸어봅니다

박꽃처럼
피어오르는 하얀 입김 속에
떠오르는 얼굴 하나
또 한 번 보고파 하아아
하얀 입김 만들어 봅니다

자르르 윤기가 흐르는
매끄러운 언어가 아닌
짧은 글 하나 만들어 봅니다

보고 싶다라고
그렇게 한 구절 만들어
입김과 함께 날려봅니다
또다시 걸으며 하아아

유배지에서

성큼성큼 땅거미
서쪽으로 걸어가 해를 삼키고
침묵의 어둠이 깔리면
일상의 마음 문에 빗장을 걸고
사색하는 나만의 골방에 갇혀
내가 정한 유배지에
머무는 그 시간이 좋습니다

숨 가빴던 오늘 하루의 시계를
커다랗게 그려봅니다
그 위로 하루의 필름이
초침을 따라 돌아갑니다

분주했던 오늘의 삶이
그림 되어 펼쳐집니다
유배지의 벽은 온통
감사의 전시장이 됩니다

환한 웃음을 내게 주고
스쳐간 얼굴들 그 표정들 감사의 언어들
장바구니 밀고 나오는데
문을 열어주며 미소 짓던 백발의 할아버지

하루의 시간 위를 행보하며
웃음으로 만났던 인연들
그들을 위해 기도하고 싶은
나만의 골방 유배지의 행복한 시간은 짧고
긴 여운만 초침과 함께 지나갑니다

명상

이끼처럼 달라붙어
지워지지 않는 생각의 찌꺼기들
걸러 버리고
맑은 영의 양식으로
허기진 영혼을 채우는 시간

독버섯이 자라는
마음밭에
말씀의 씨앗을 뿌려
거듭나는 향기로 변화시키는 시간

대지의 만삭

한겨울을 외로움에 떨며
혼자 울었던 나무는
고독한 추위에 체하여
딸꾹질의 고통을 견디며
좋은 소식 가지고 올
까치집만 머리에 이고 있었지

밤을 가르는 바람은
문풍지의 신음소리를 듣지도 못한 채
무심하게 활보를 하고
그토록 지루한 겨울의 무대를
막장으로 올려두고

모든 생명을 잉태하고
만삭이 된 대지의 모습
얼마 남지 않은 해산의 그 봄날에
애타게 기다리던 봄의 모습으로

환하고 싱그러운 기쁨의 새싹으로
대지에 입 맞추며
환희의 꽃으로 피어나겠지
해산일이 얼마 남지 않은 대지의 만삭

네가 내 친구여서 참 좋다

내가 힘들고 지칠 때 찾아와
내 어깨를 토닥여주며 말없이 전해주던
너의 미소는 내 마음의 뜰에 쏟아지는
햇살처럼 포근했었던 너의 모습
네가 내 친구여서 참 좋다

세상에 공개하지 않은
나의 속 깊은 이야기를
숨김없이 뿌리째 캐내어 속 시원히
유일하게 공유할 수 있는
네가 내 친구여서 참 좋다

나의 모든 실수를 너그럽게 받아주고
내 기쁨을 함께하며
주위의 많은 사람들을 의식하지 않고
하늘이 깨질 듯 웃어주는
네가 내 친구여서 참 좋다

오늘도 네가 보내주는
좋은 글과 음악 메세지를 보고 들으며
네 얼굴 떠올릴 수 있는
너무 오래 묵어서
묵은지처럼 시큼털털해도
진국의 맛을 느낄 수 있는
네가 내 친구여서 참 좋다

시작의 끝

떠날 듯 말 듯 꼭 누가 잡는 것도 아닌데
나무의 끄트머리 찬바람은
실낱같은 가지마다
삼월 내내 머물고 있다

그 찬바람 떠나든 말든
가지마다 눈망울이 볼록하게
부풀어 홍조된 모습은
이미 터뜨리기 직전이다
모진 겨울 눈보라 속
스스로 견디어 이겨낸 노고가
사월의 꽃으로 피어나기 직전이다

끝은 언제나
새로운 시작의 희망으로 준비된 시간이다
연극의 막장 같은 허전하고 아쉬운
황혼을 맞이한 시간 앞에 살아있는 희망

기진했던 날들을 견디어
외로움의 끝이
행복한 웃음의 시작으로 변화되는 날들
결코 끝이 될 수 없는 시간의 흐름

또 하루의 시작을 마주하며
소망이 있는 내일을 위해
처음 대하는 새로운 시간들
등 돌리면 돌아서 사라지는 끝의 시간들

거울

수시로 거울을 보며
자신의 모습을 살피고
삐뚤어진 옷깃을 바로하고
잘못된 화장을 고치고
애써 웃음도 웃어 봅니다

하루에 한 번이라도
헝클어진 마음을 매만지고
삐뚤어진 마음을 바로잡지 못하고
애써 좋은 말씀들을
기억하려 하지 않습니다

마음속에 거울 하나
걸어야 되지 않을까요

홈런볼

산책길 옆 풀밭에
숨어있는
야구공 하나

공을 보는 순간
난 야구경기장 안에
가득 메운 관중석에 앉아 있다
어렸을 때 한때는 소형 라디오를 들고 다니며
중계를 들을 만큼 좋아했던 야구

구회 말 안타 하나로
역전이 되어 희비가 엇갈리는
드라마 같은 상황은 야구의 묘미

우리의 삶이 힘들고 절망적이라도
희망을 버리지 않는다면
누구나 쾌거를 맛볼 수 있는
생의 구회 말 역전승을 바라보며
그 희망 버리지 말아야지
희망의 홈런볼 꼭 잡은 채

행복하기

행복과 기쁨은 매번
다른 사람을 찾아간다 합니다
내게 찾아왔을 때 잘 간직해야죠
참 좋은 거니까

심을 때가 있고 심은 것을
뽑을 때가 있습니다
그 시기를 잘못 잡으면
헛수고일 뿐이지요

헐 때가 있고 세울 때가 있습니다
찢을 때가 있고 꿰맬 때가 있습니다
그게 언제인지 잘 가늠해야 합니다

던진 돌에 되려 흙탕물이 내게 튑니다
누군가를 향해 돌을 던지지 말고
그 돌 다듬어 수석으로 만들면

두고두고 보기 좋지요
자신의 삶에 틈을 보이지 말아야 합니다
틈이 생기면 온기는 빠져나가고
삶을 부식시키는
곰팡이 슬게 마련입니다
자만은 교만이 되고
교만은 오만이 되어 기만에 이릅니다
겸손의 꽃이 풍기는 향기가 멀리 가고 오래갑니다

귀가하는 하이에나

길 위의 숲에서
하루 동안 땀으로 만들어낸
밥그릇 움켜잡고
지쳐 내려앉은 초점 없는 눈빛으로
집으로 향하는 하이에나들

길게 꼬리를 물고
출렁이는 차량의 불빛 따라
흔들거리는 눈동자들
평온의 쉼터에서 기다리는 가족의 품으로
푸른 신호등만을 끌어안고 달리고 싶은
고단한 하이에나들

시간 낭비

돌아보지도 않고
냉정하게
홀쩍 떠나버린 시간들
못내 아쉬워하며
서성이는 생각들을
매듭짓지 못하고
물방울처럼 톡톡 튀어오르다
사라지는 잔상
꼭꼭 뭉쳐 펼쳐보니
그저 파스스 부서진다

온종일 따라다니며
웅성대던 잔상들은
어느 틈에 머릿속으로 들어와
함지박을 만들어 놓는다

아 내일은

그 함지박에 맑은 정화수

퍼 올렸으면

오늘 같은 시간낭비 없기를

씻기우고 싶은 날

심중의 옥에 가두었던
허울의 탈을 쓴 연기자를 탈옥시키고
얼룩진 가면 속에 돋아날 새순에
햇살 들게 해야지

인격을 좀 슬게 하는
숨겨놓은 자존심
추방시킬 용기가 있다면
한층 더 아름다운
삶이 되련만

층층이 묻어 있는
불신의 먼지들이 만들어낸
삶의 곰팡이
틈새까지 씻어낼
정화의 소나기 맞고 싶은 날

노크 소리

톡! 톡! 톡!
톡! 톡! 톡!
누군가가 창을 두드리는 소리
잠결에 귀 기울여 보니
봄을 안고 온 빗방울 소리
반가운 소리 기다리던 소리

약간의 어둠이 남아있는 새벽
창을 열고
그 풋풋한 봄내음을 안아본다
상큼하고 보드라운 공기가
내 뺨에 입 맞추는 그 좋은 느낌
새벽의 시간에 비 맞으며 찾아온
기다리던 봄과
몰래 하는 데이트
설레는 이 마음

이 아침 고향의 앞동산에도

진달래 꽃망울

봉오리 터질 듯 부풀었겠네